Die Vogelhochzeit

Eine lustige Geschichte

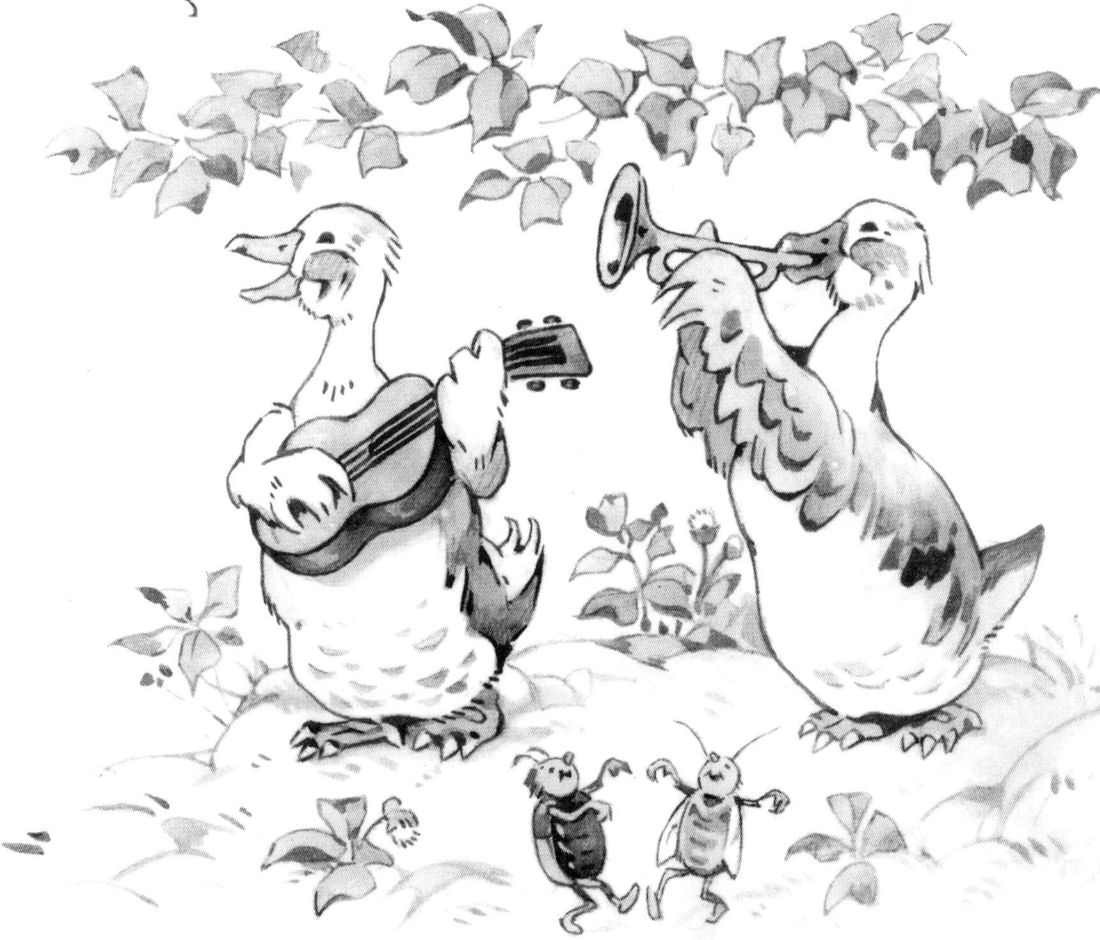

BELTZ
& Gelberg

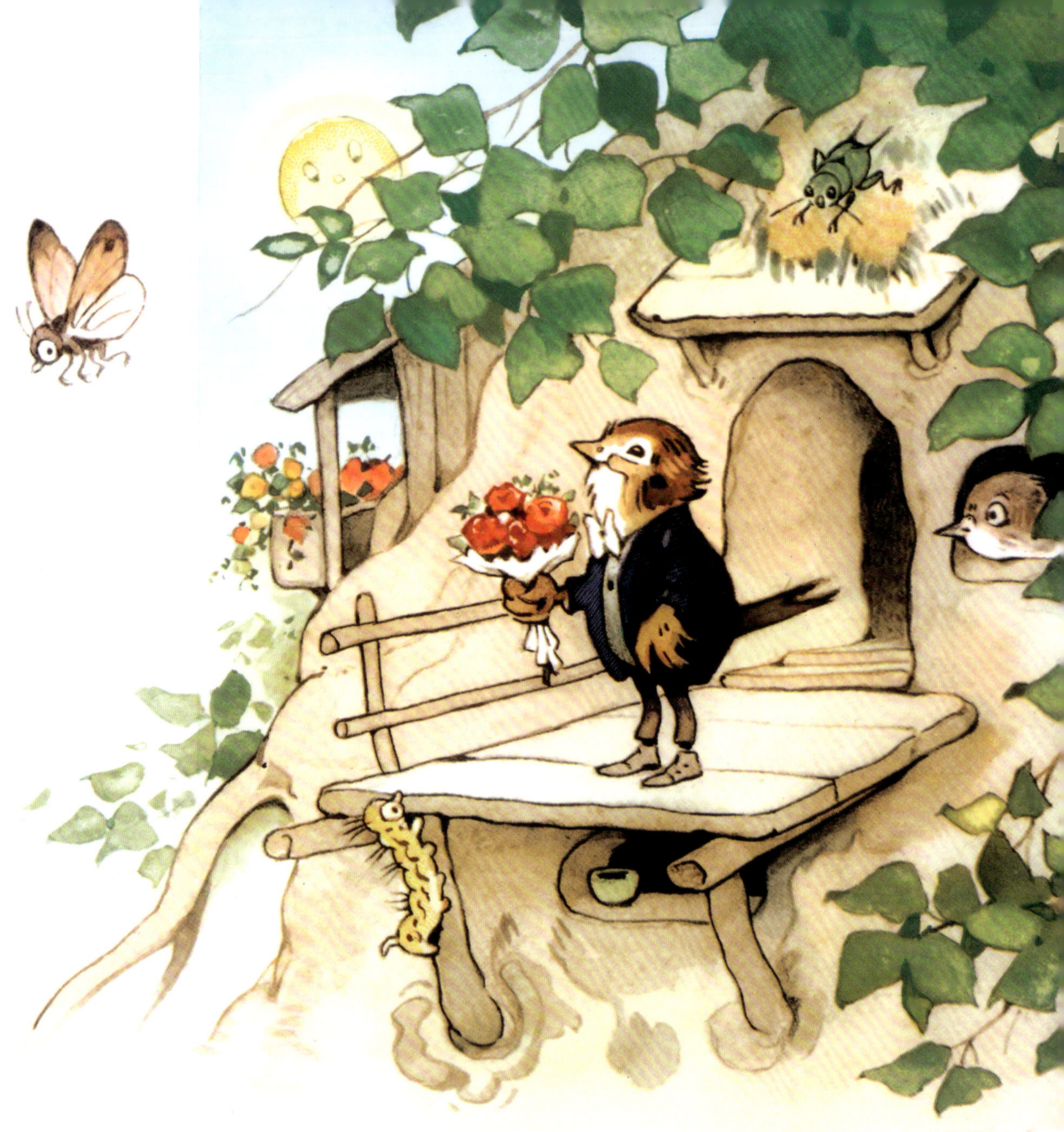

Ein Vogel wollte Hochzeit halten

in dem grünen Walde

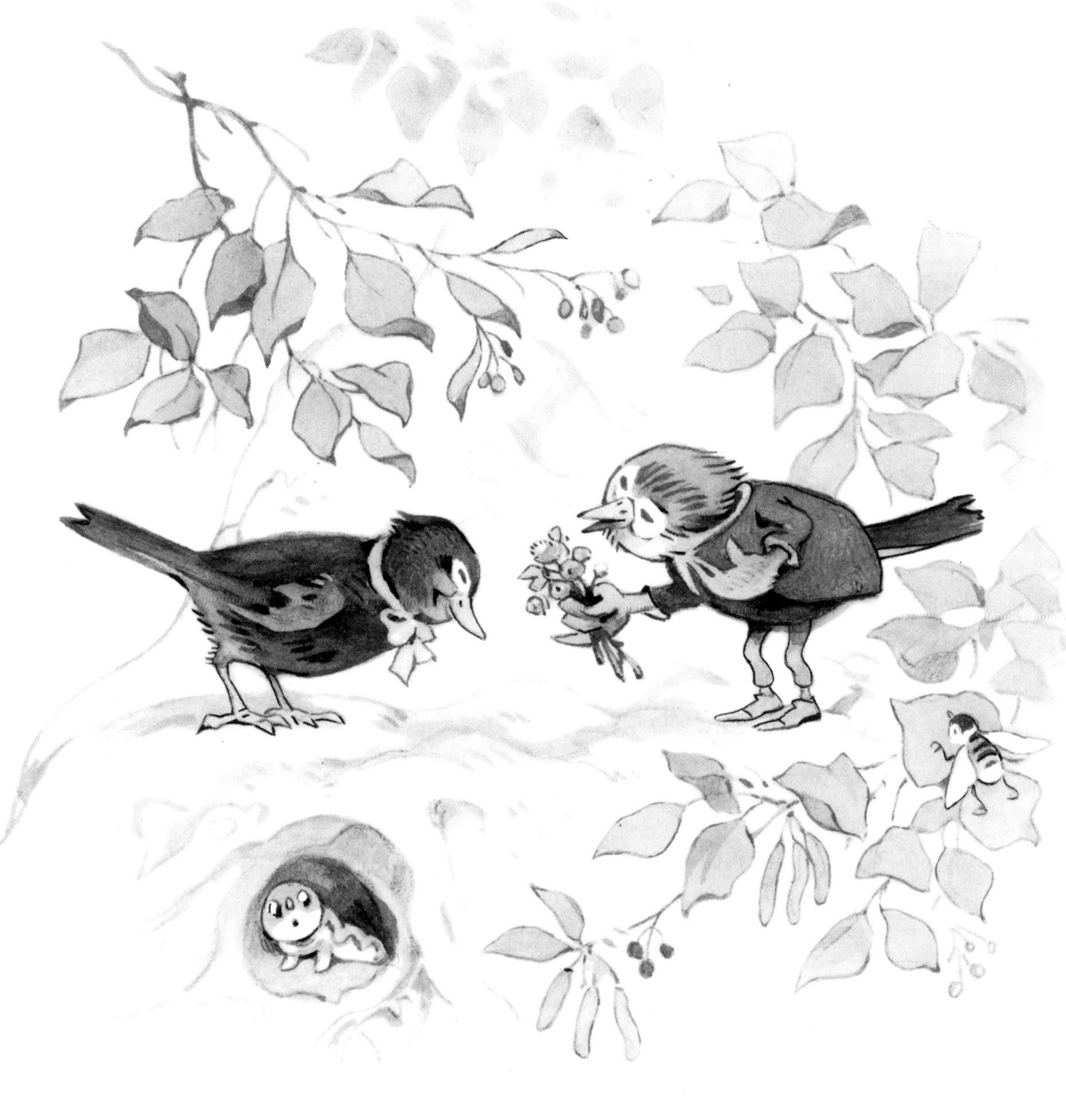

Der Star, der war der Bräutigam,

als Braut er sich die Amsel nahm

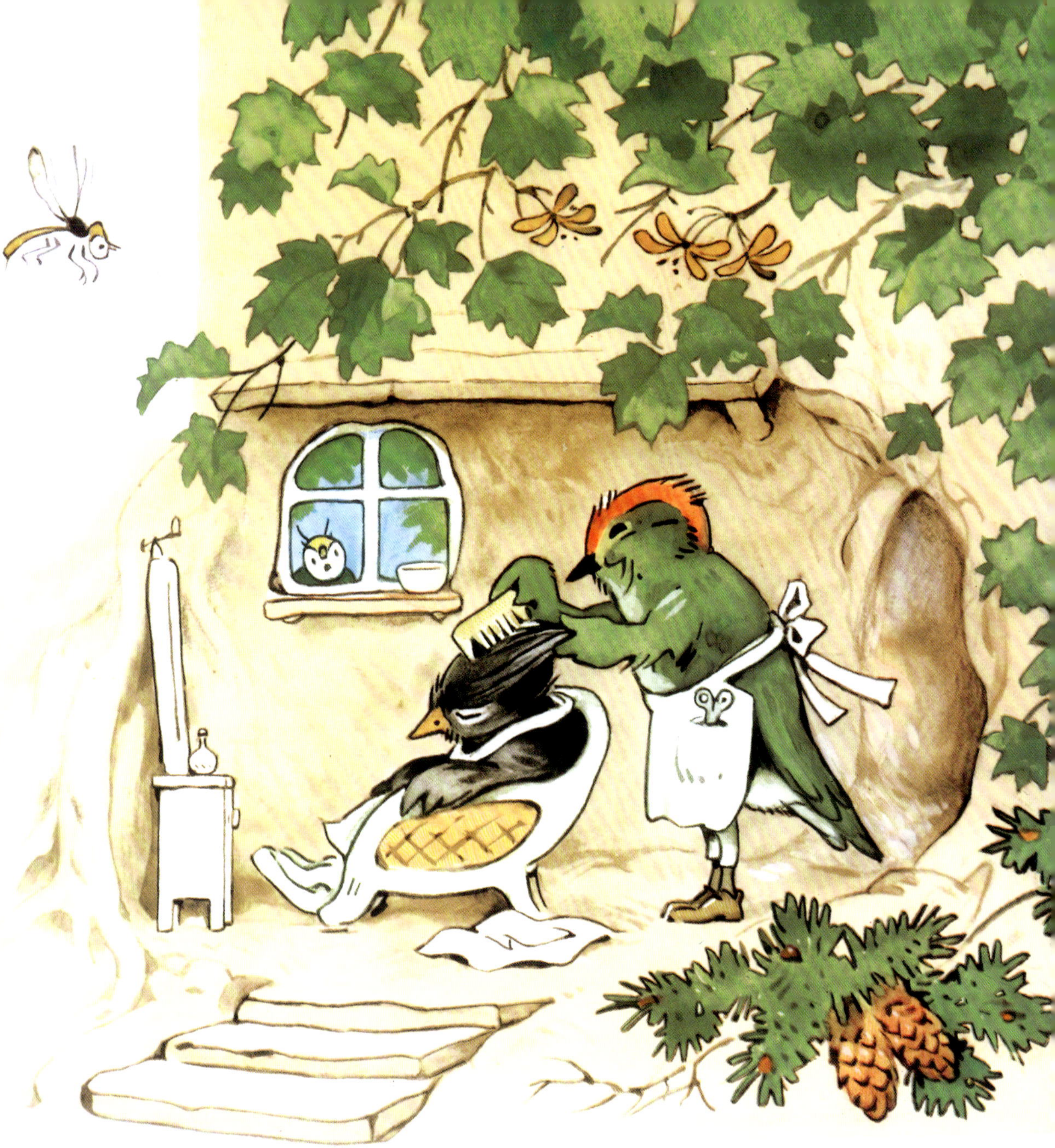

Der grüne Specht, der grüne Specht,
der macht der Braut das Haar zurecht

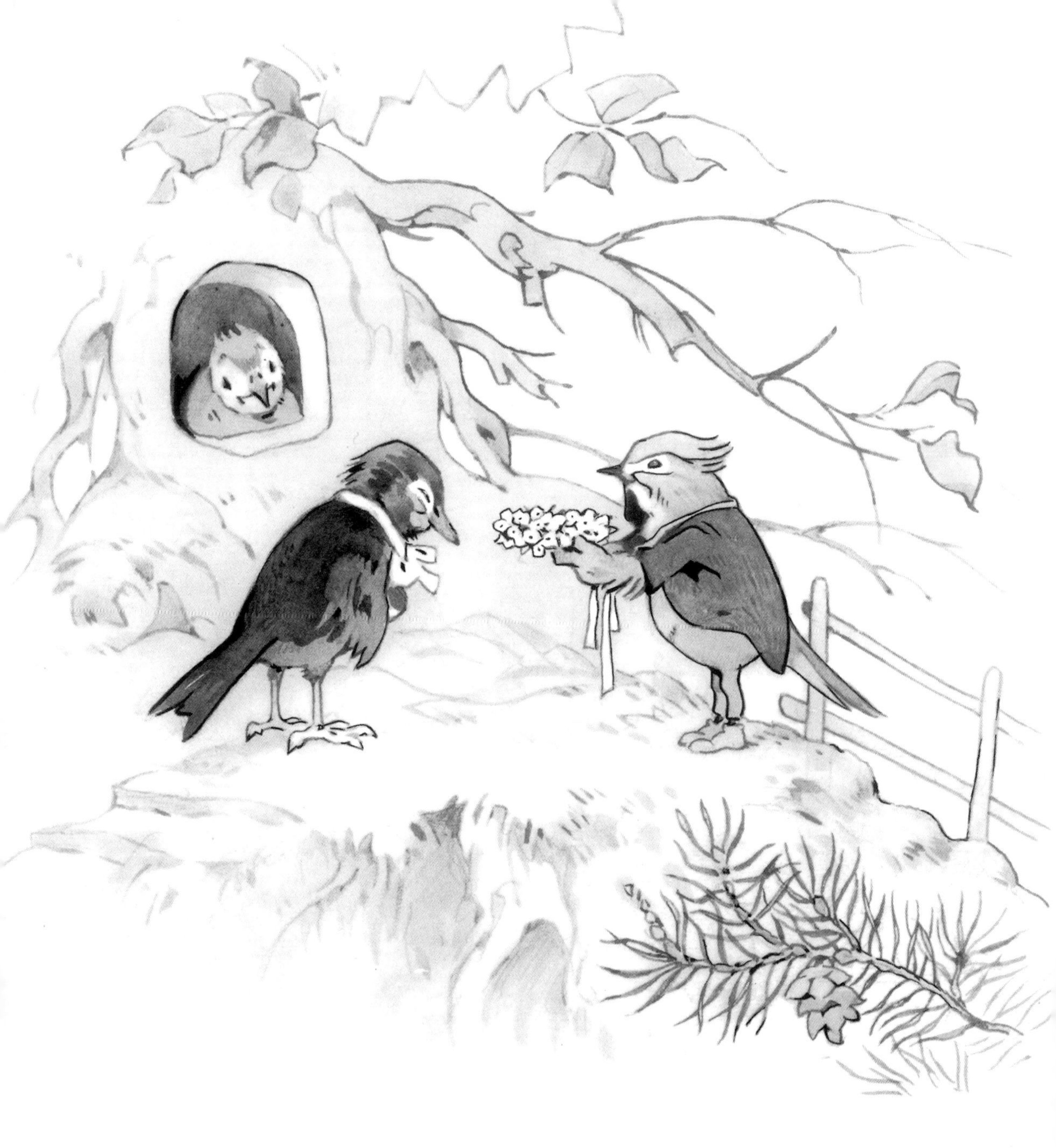

Der Seidenschwanz, der Seidenschwanz,
der bracht' der Braut den Hochzeitskranz

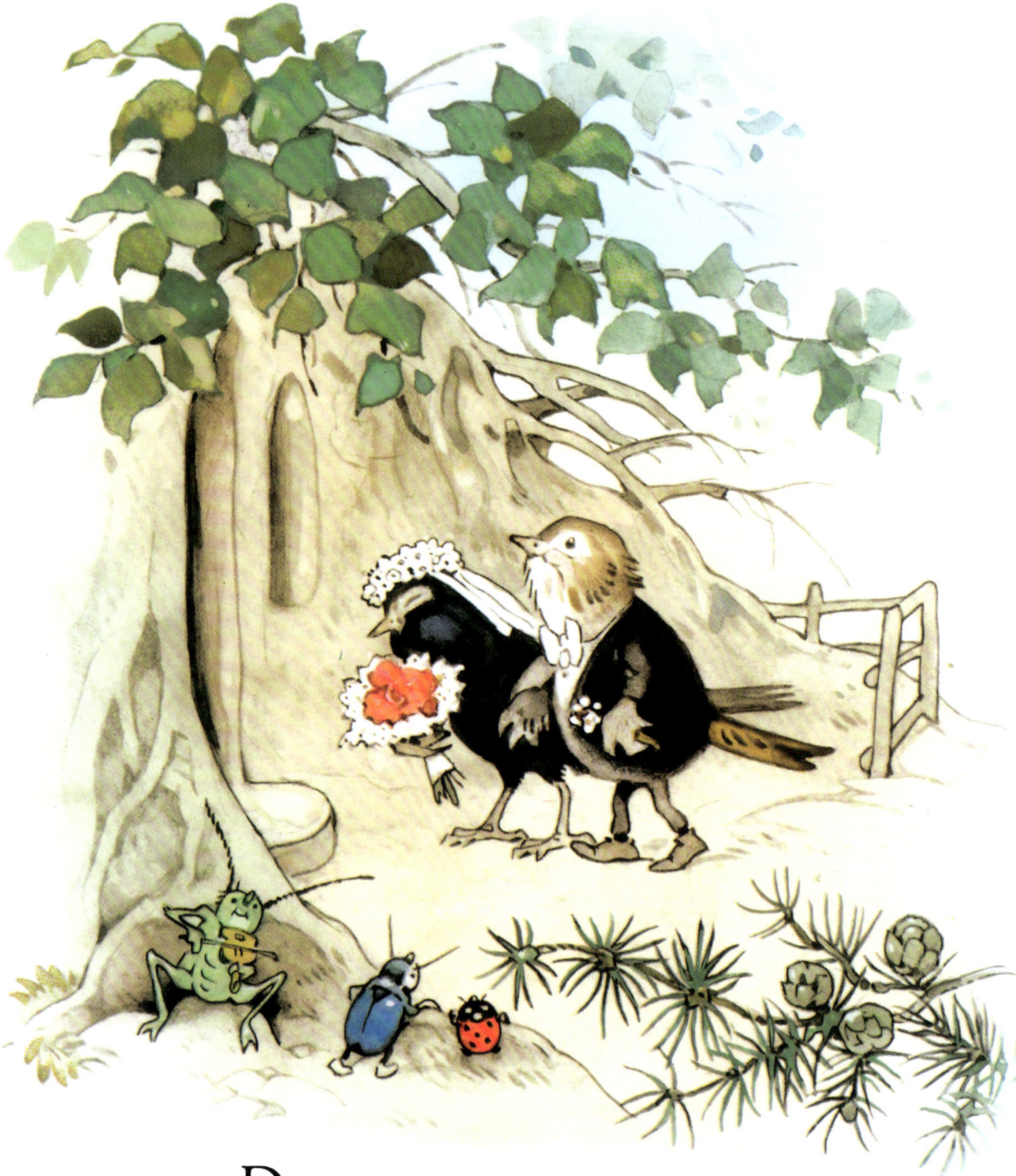

Die Lerche, die Lerche,

die führt die Braut zur Kerche

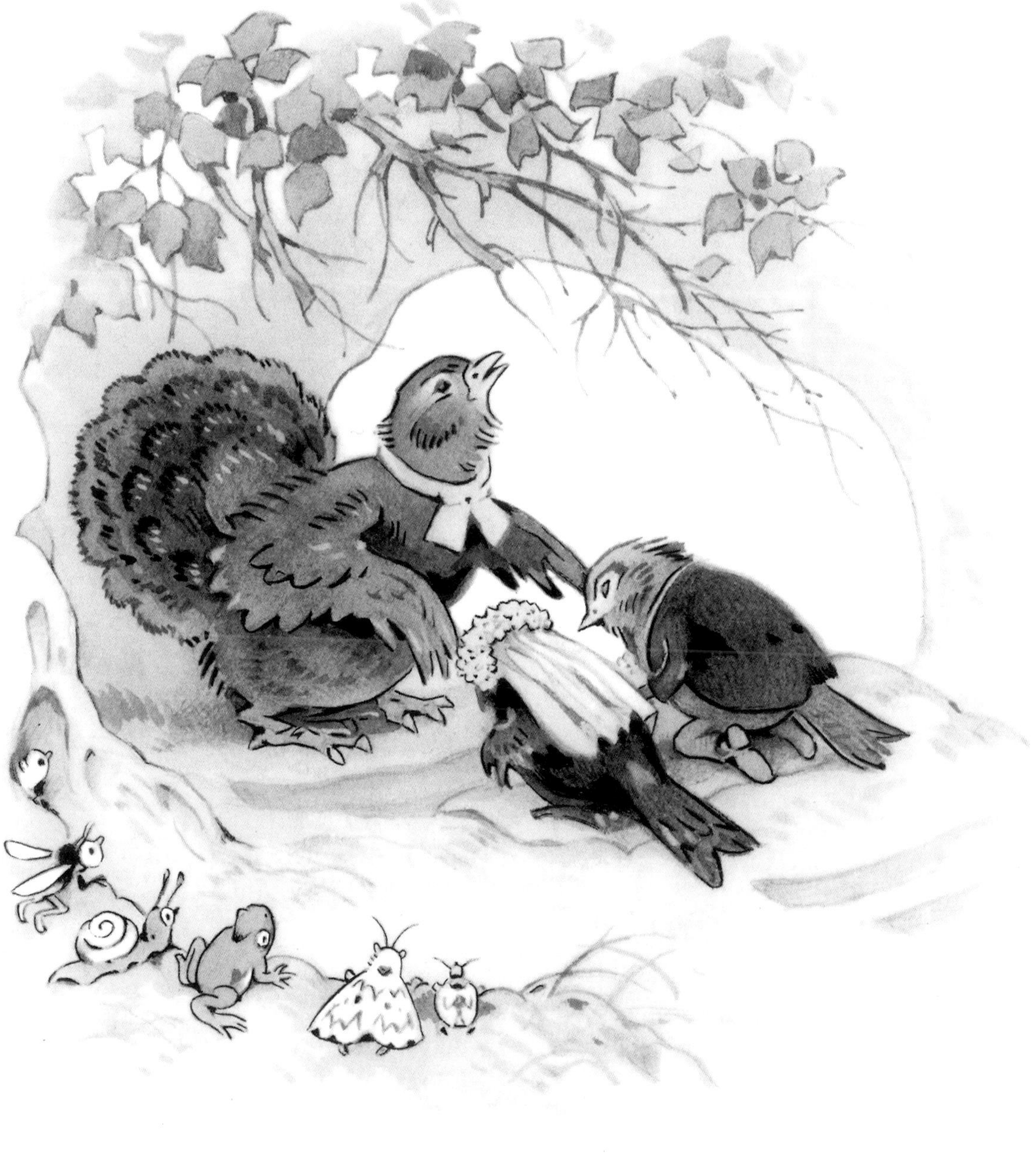

Der Auerhahn, der Auerhahn,
das war der würdige Herr Kaplan

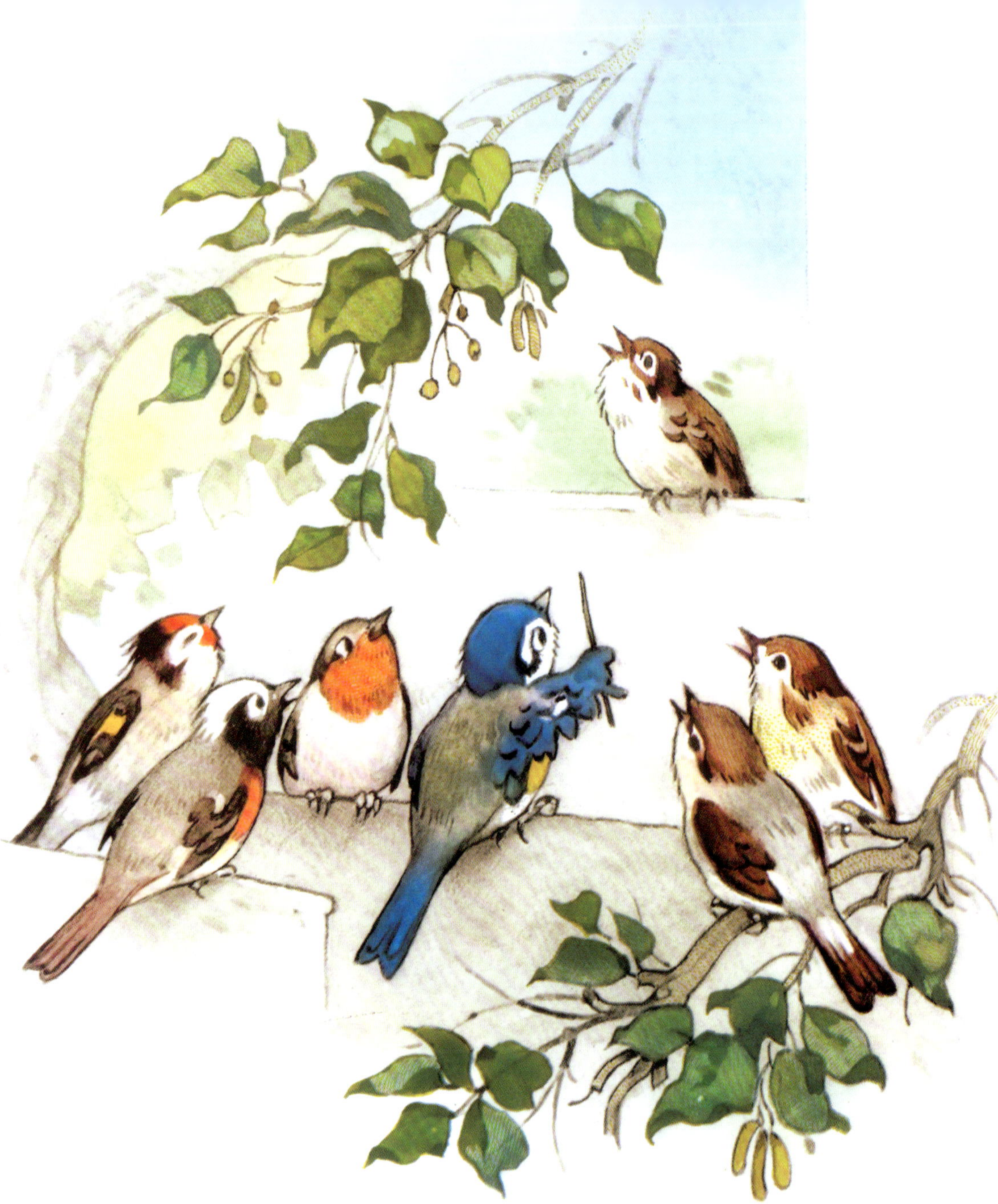

Die Nachtigall, sehr fein und zart,
die singt dazu auf ihre Art

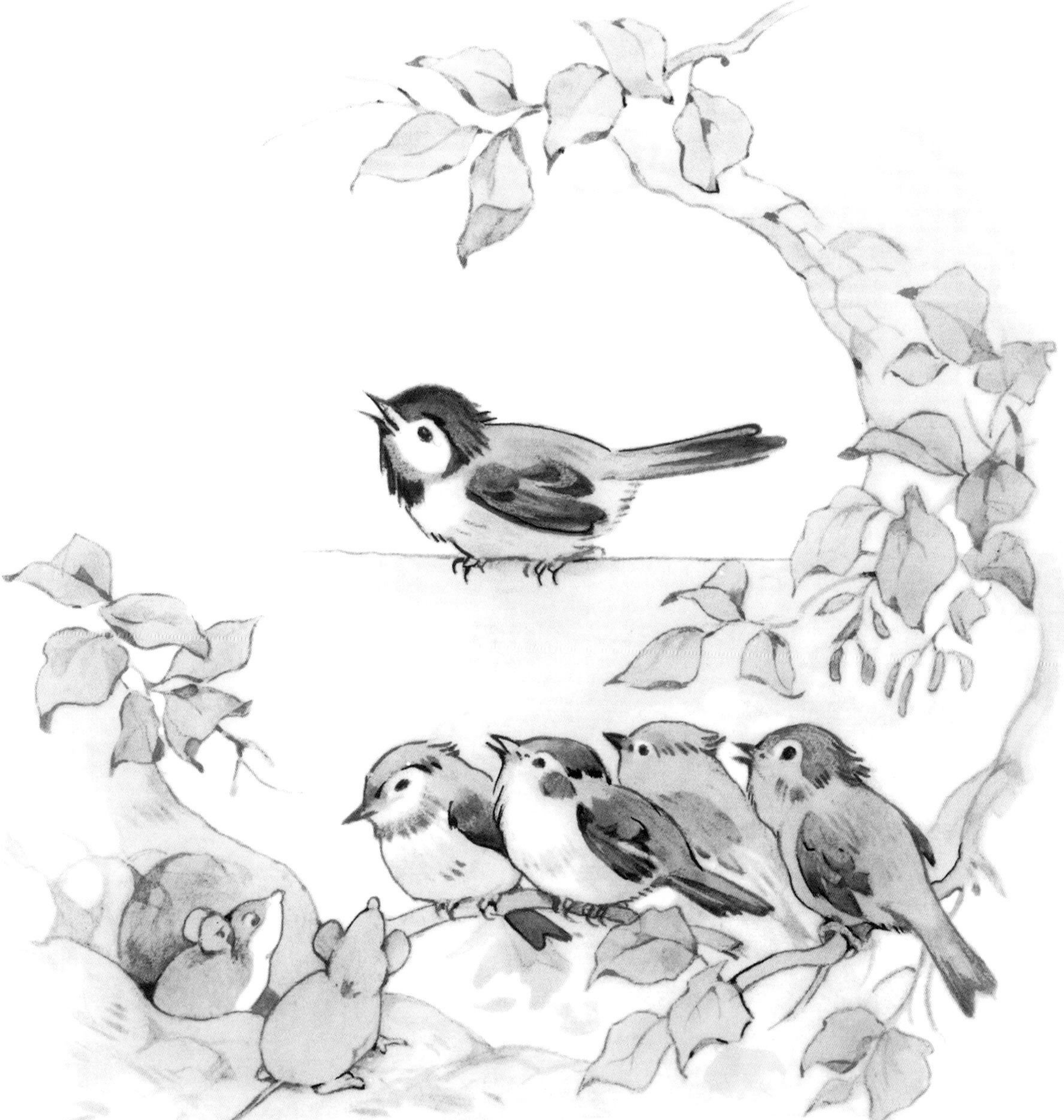

Die Meise, die Meise,

die singt das Kyrieleise

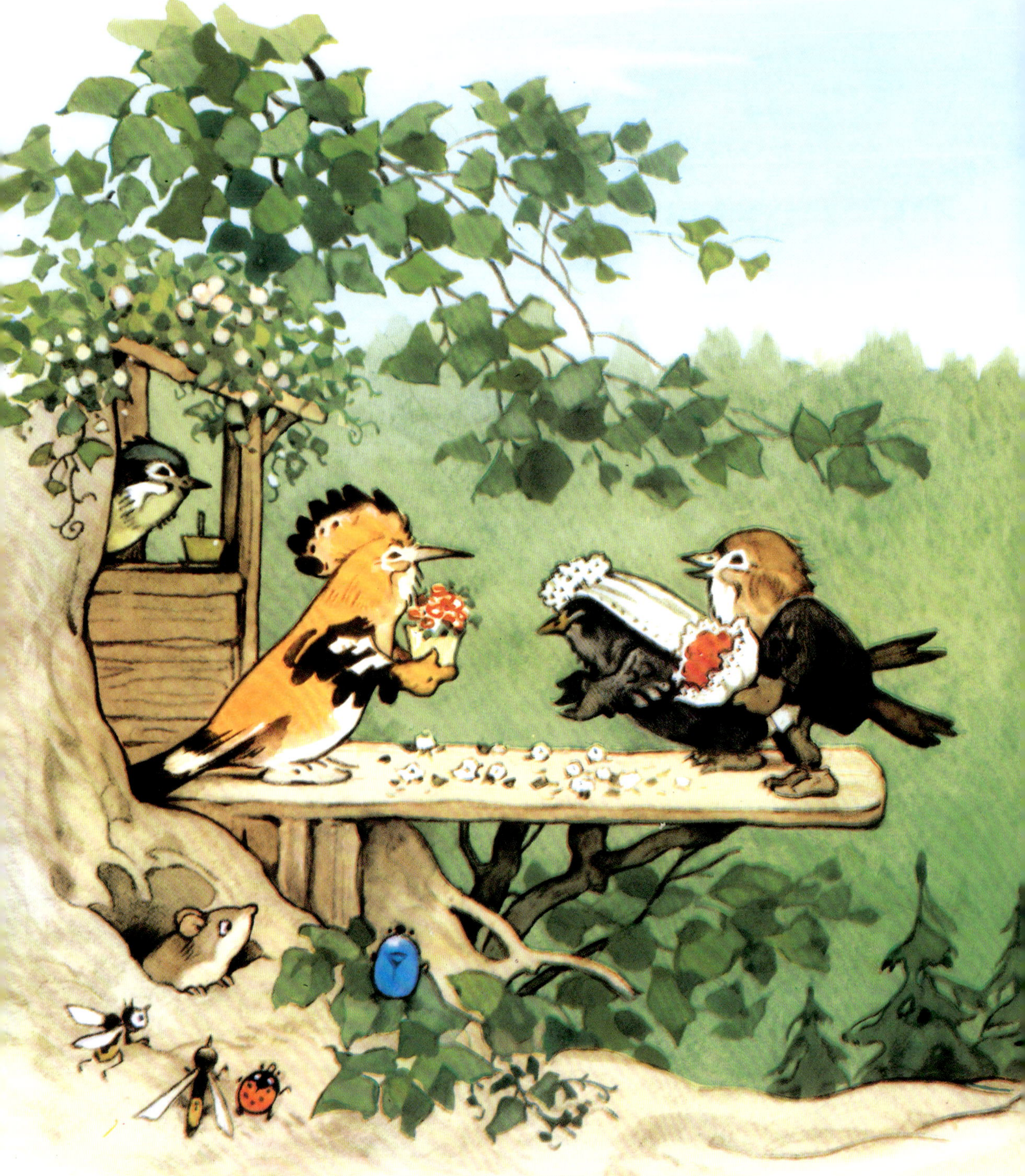

Der Wiedehopf, der Wiedehopf,

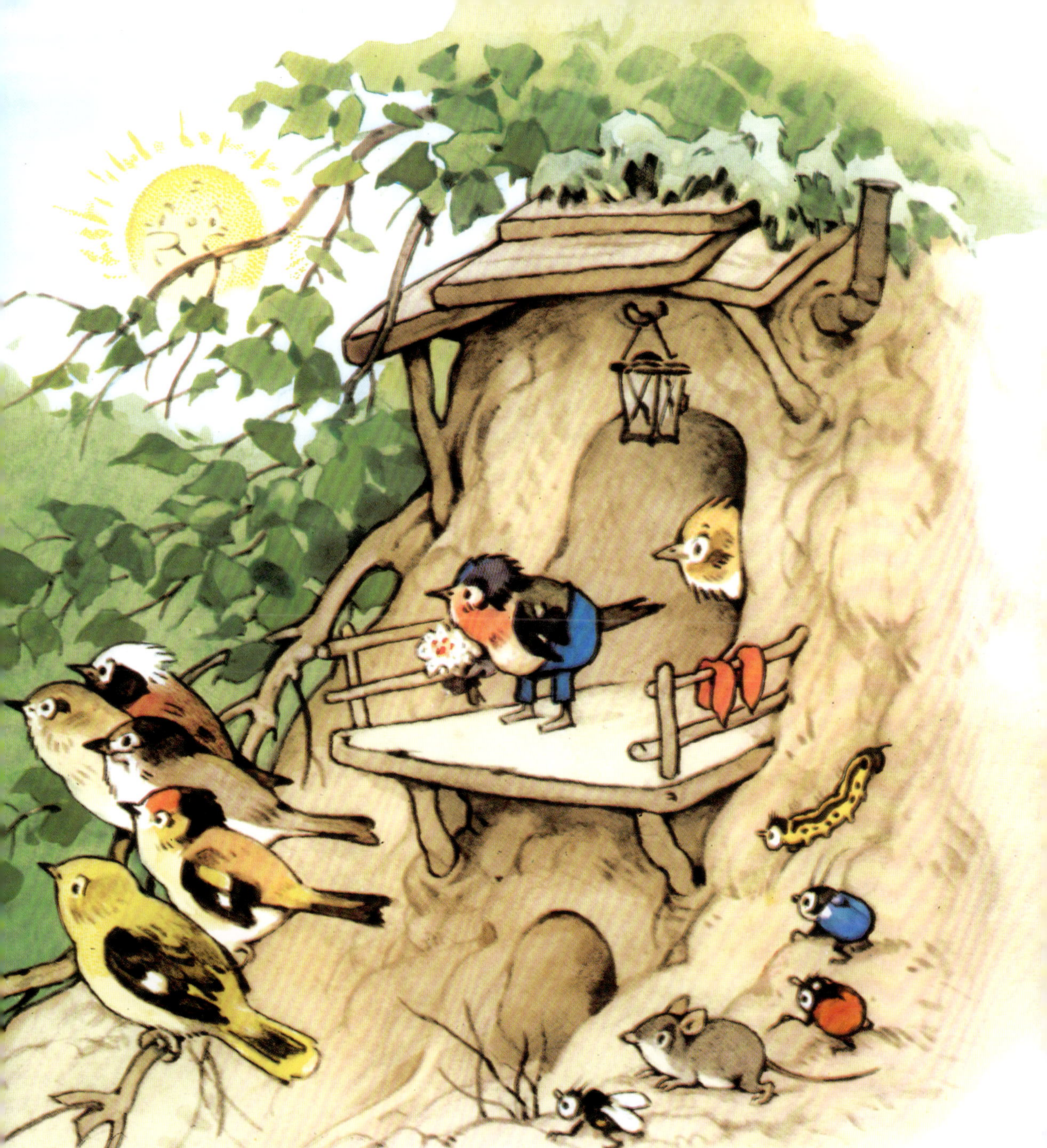

der schenkt der Braut 'nen Blumentopf

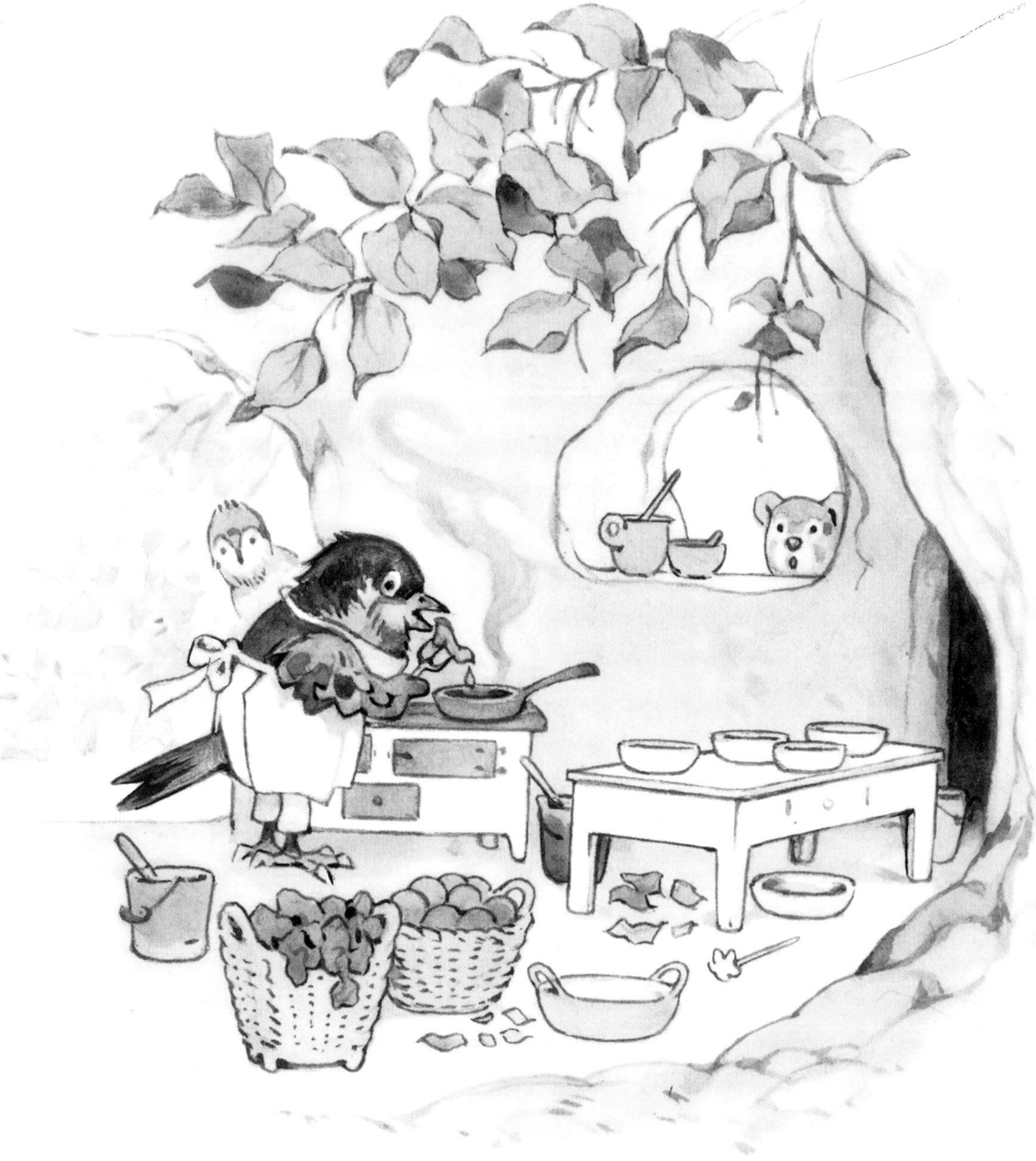

Der Spatz, der kocht das Hochzeitsmahl,
verzehrt die schönsten Bissen all

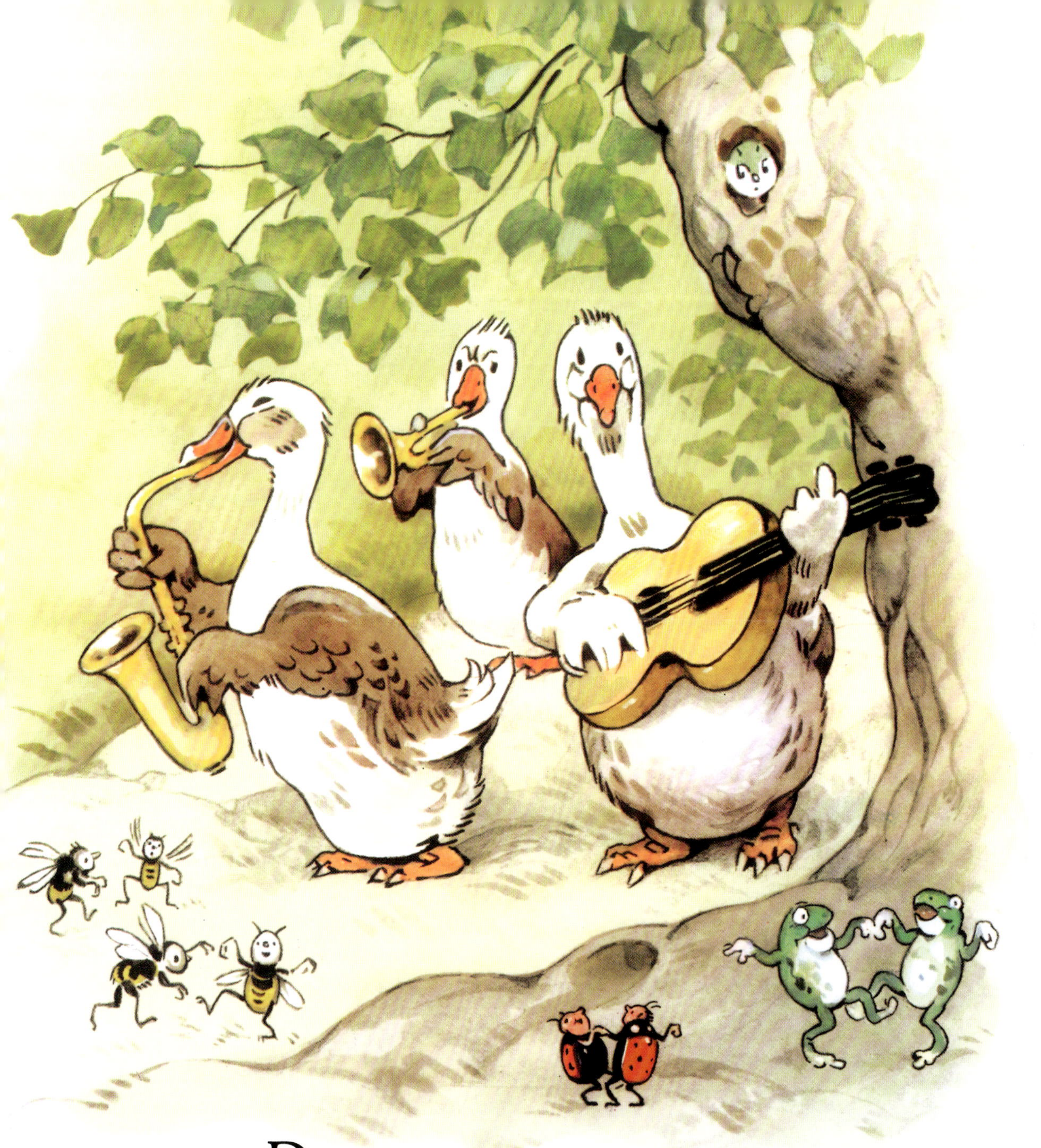

Die Anten und die Ganten,
das waren dic Musikanten

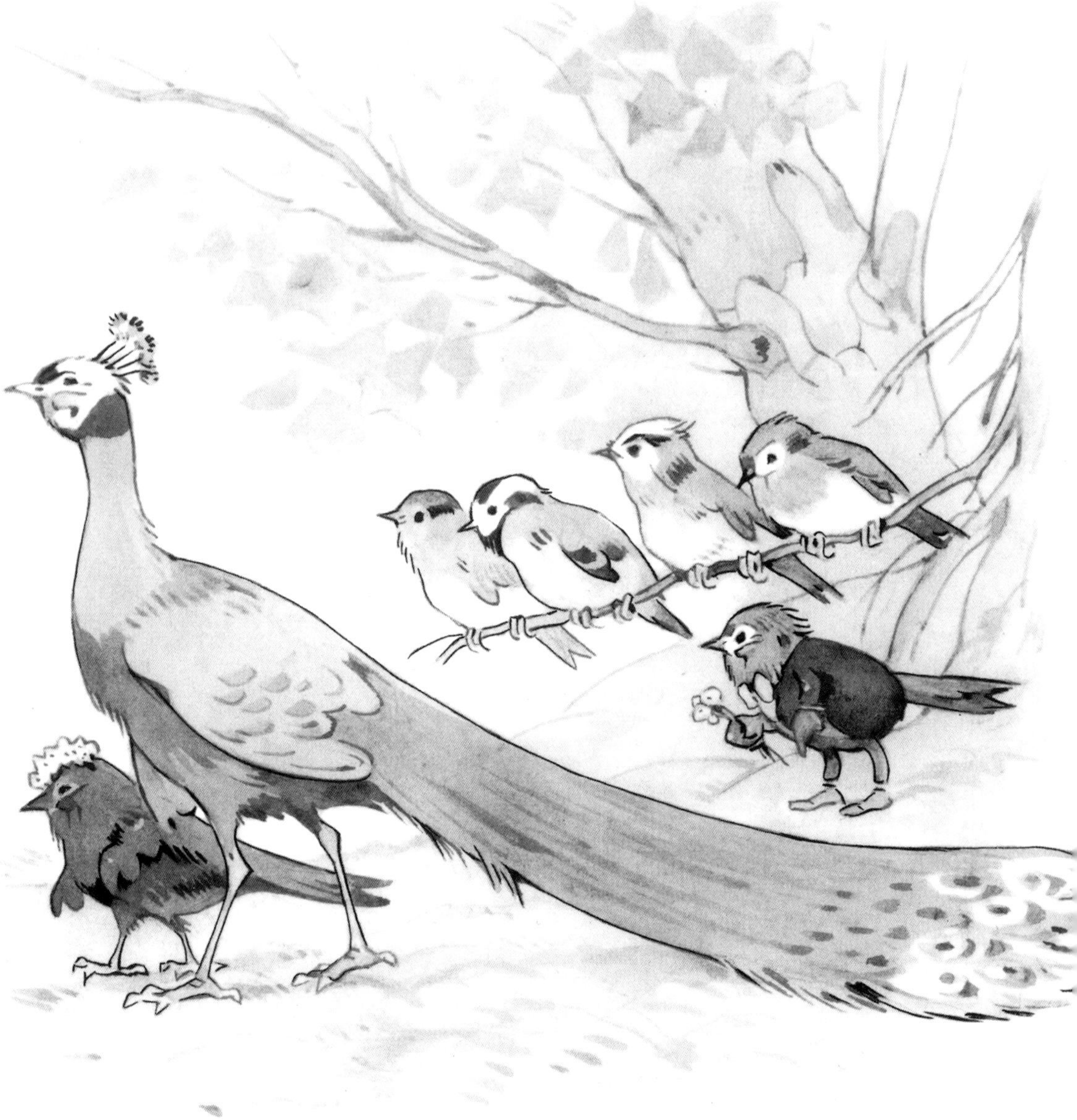

Der Pfau mit seinem stolzen Schwanz,
der führt die Braut zum ersten Tanz

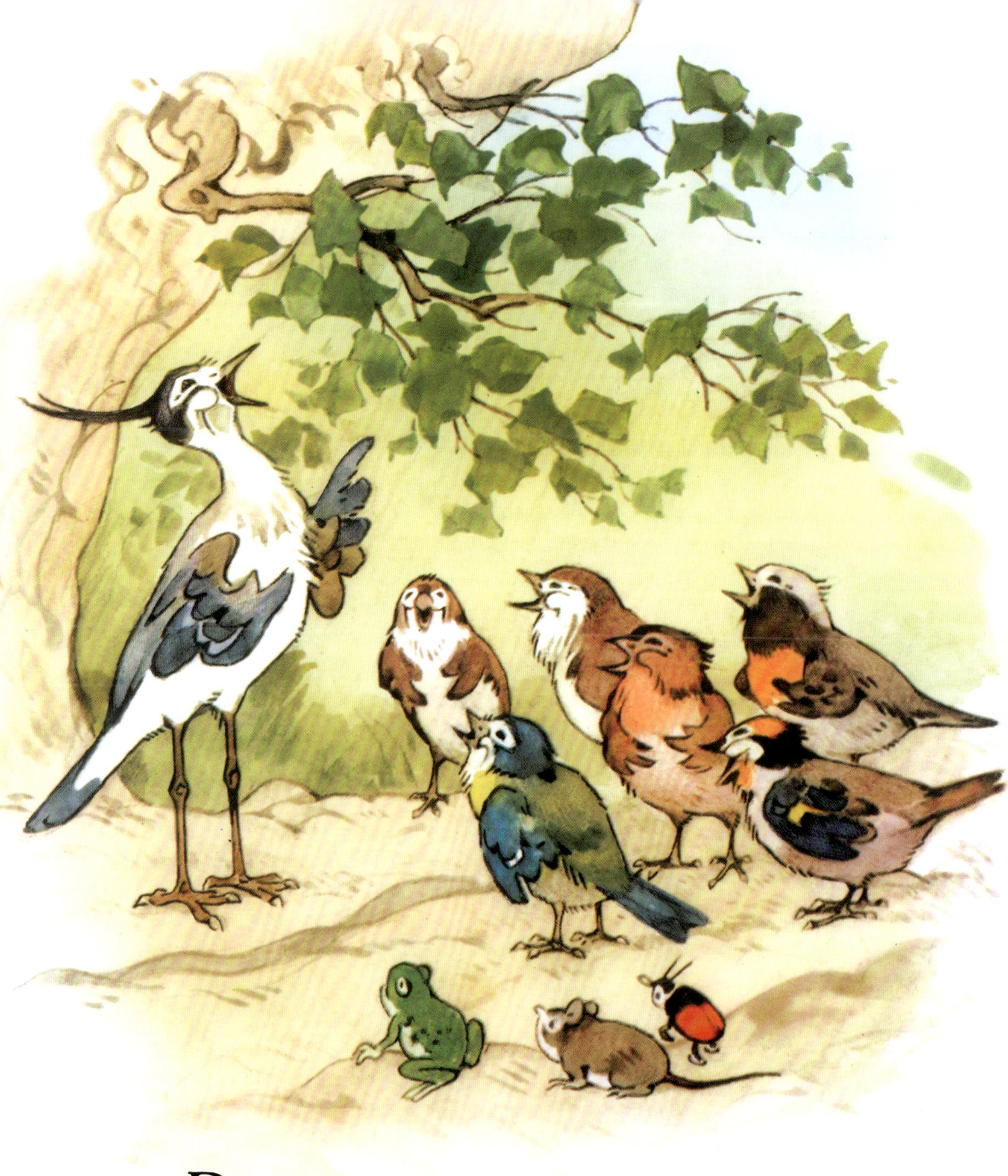

Der Kiebitz, der Kiebitz,

der macht so manchen losen Witz

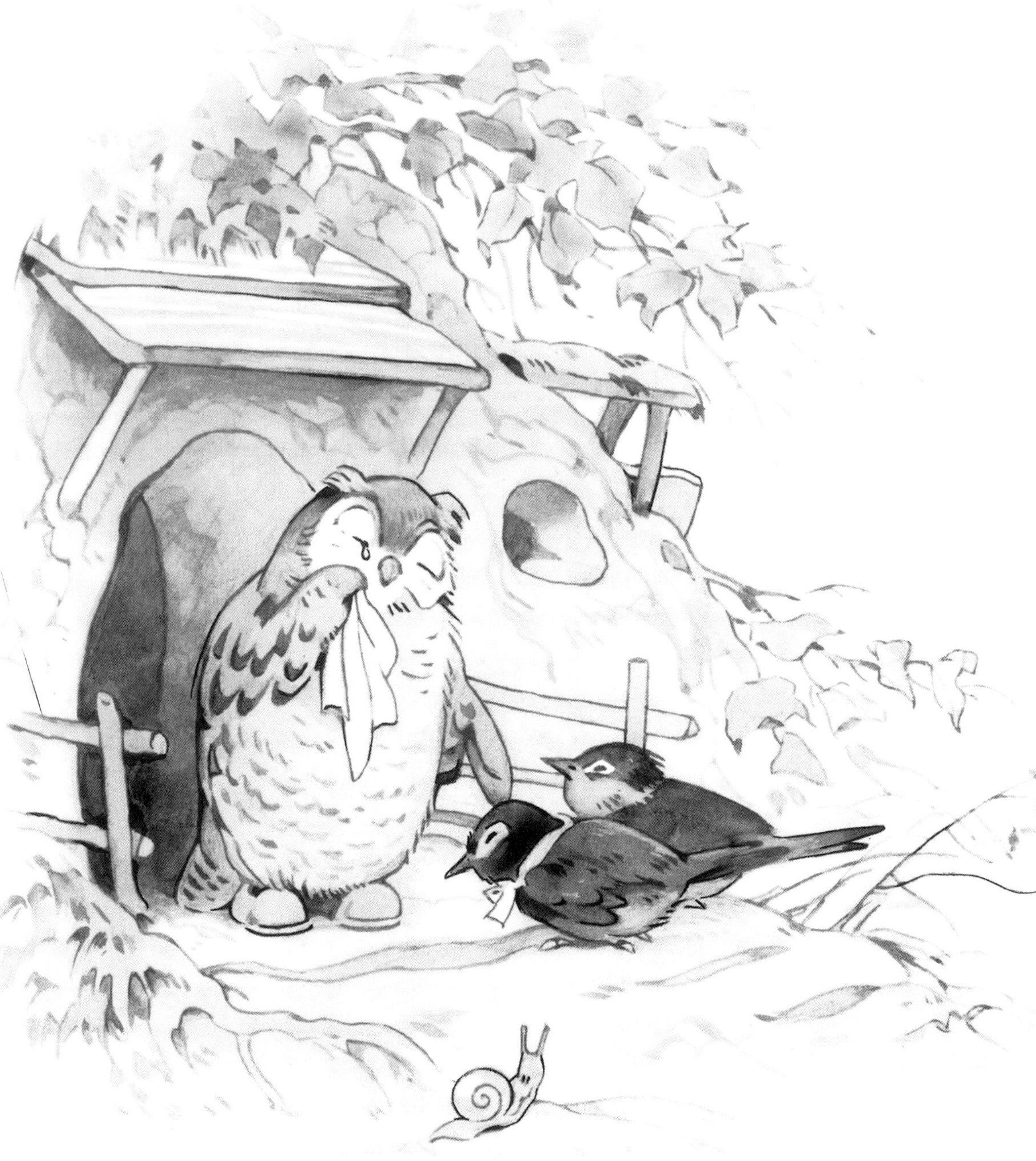

Brautmutter war die Eule,
nahm Abschied mit Geheule

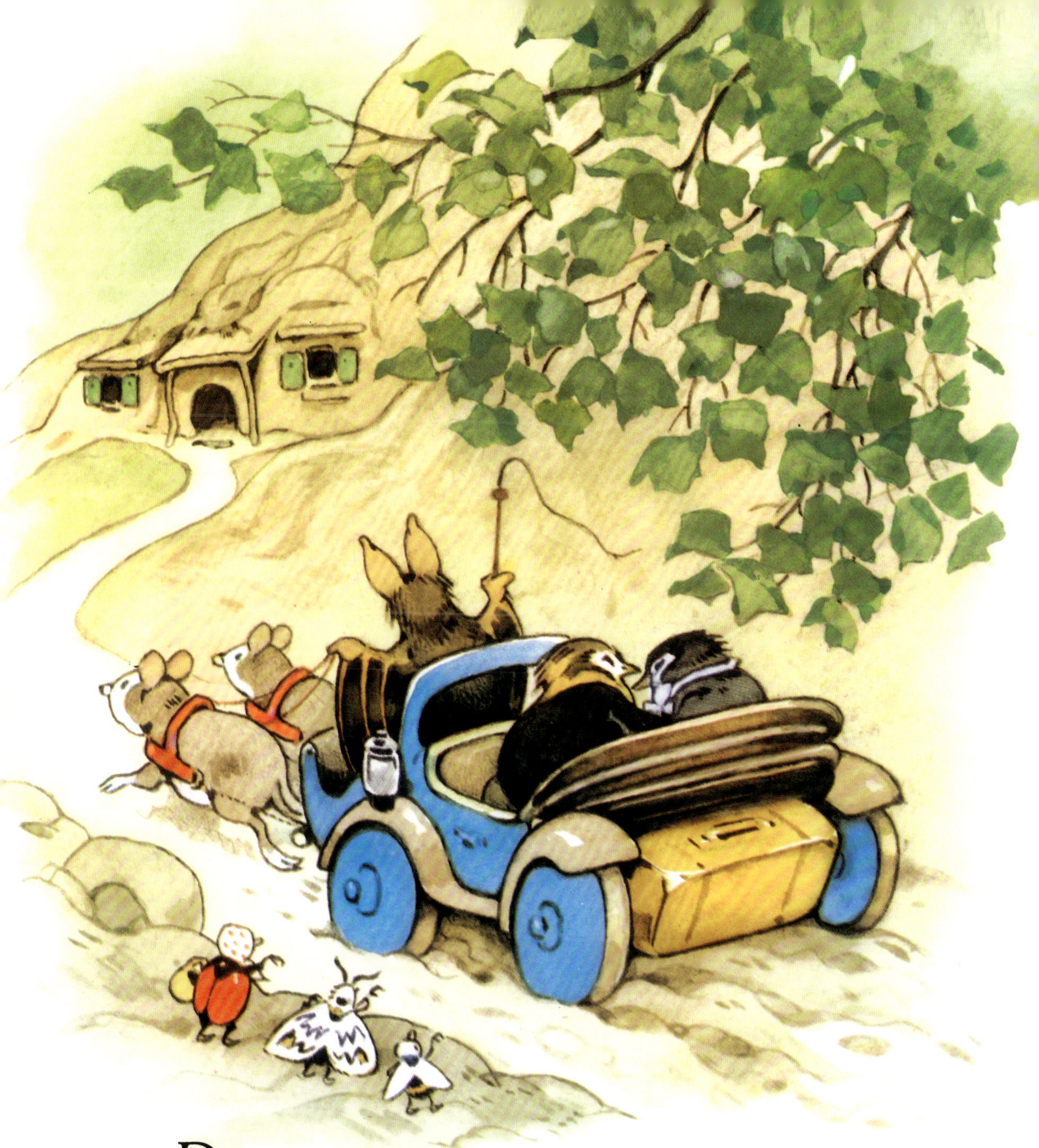

Den Kutscher macht die Fledermaus,
sie fährt die Brautleut in ihr Haus

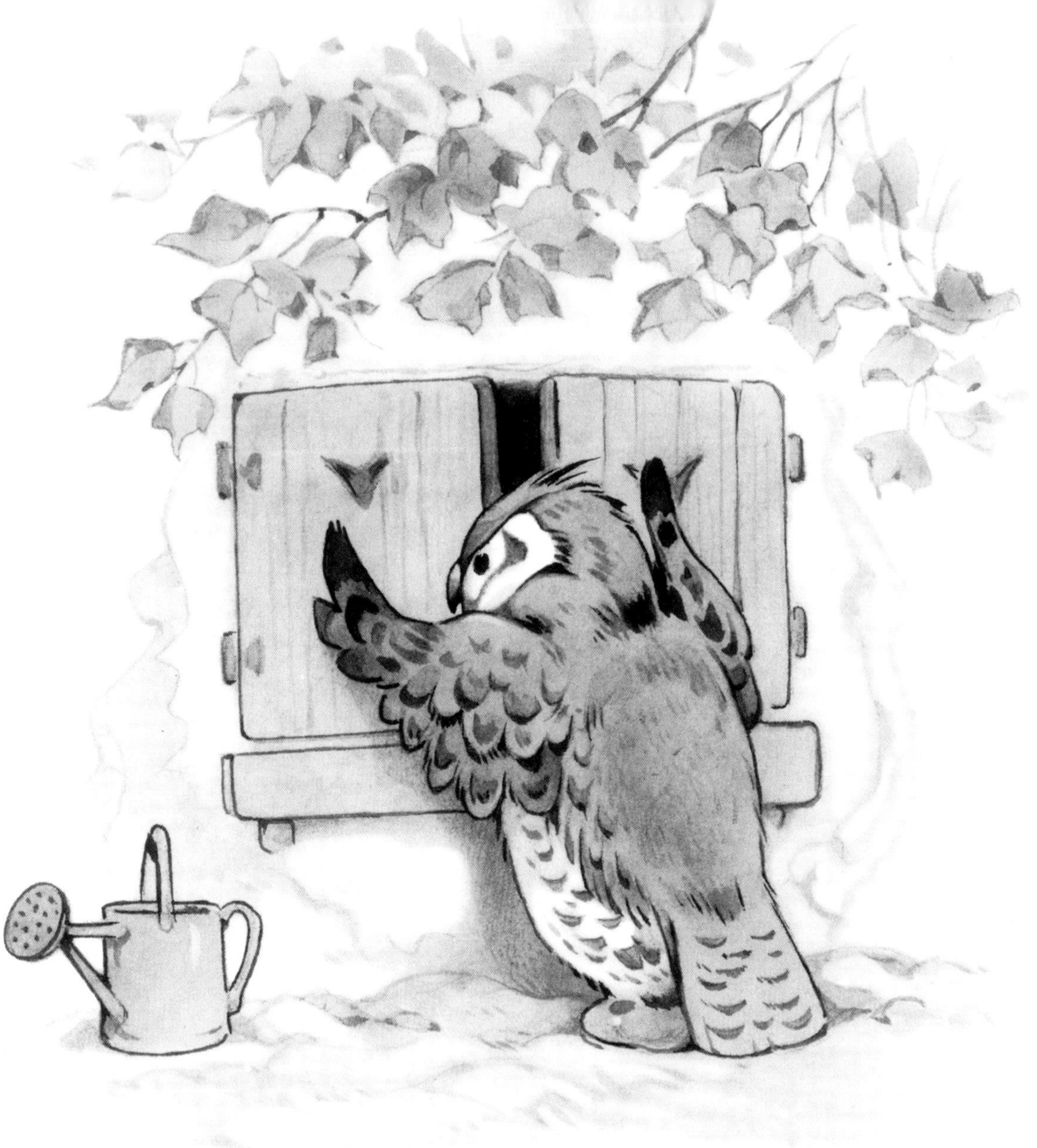

Der Uhu, der Uhu,

der macht die Fensterläden zu

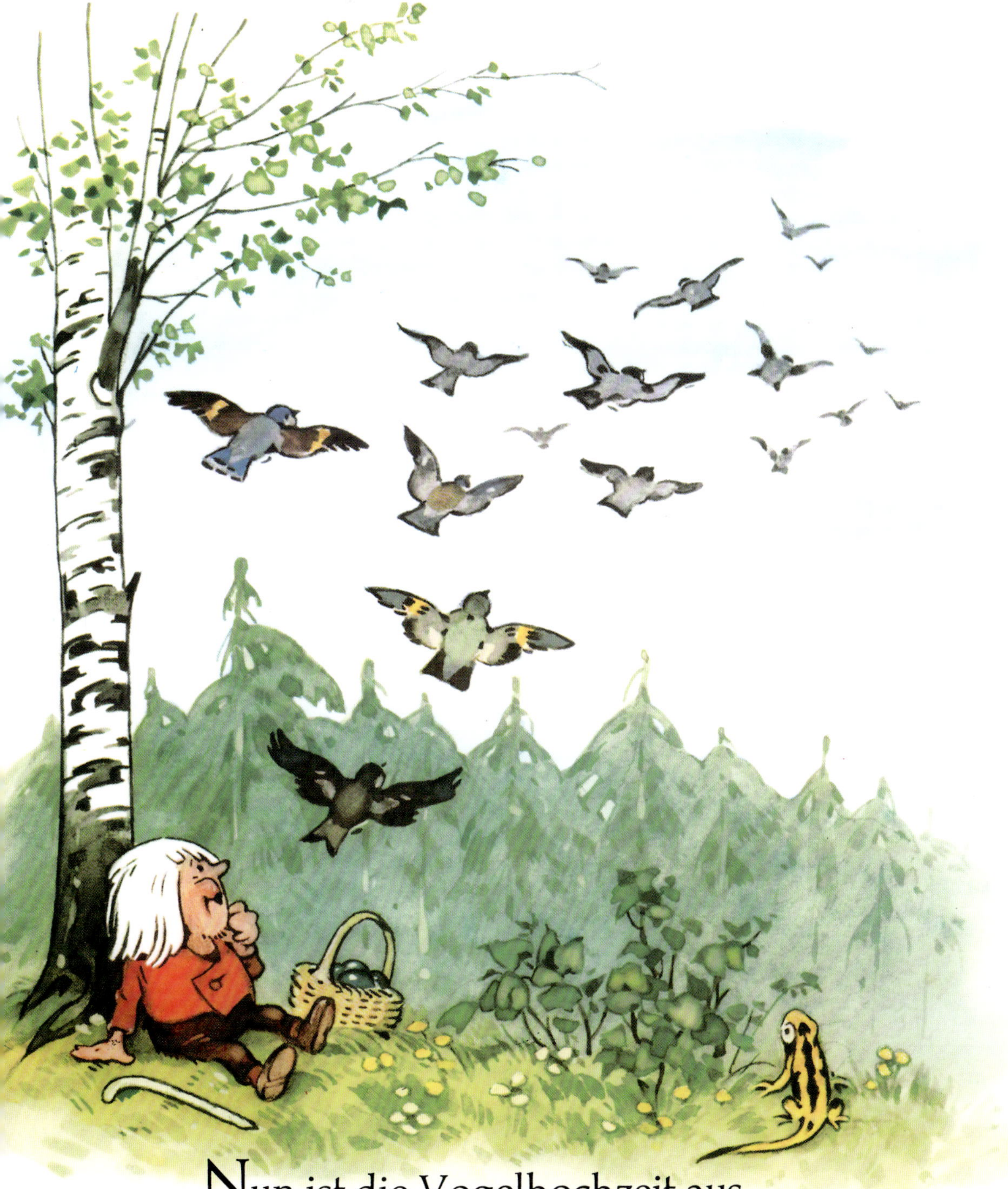

Nun ist die Vogelhochzeit aus,

und alle Vögel fliegen nach Haus.

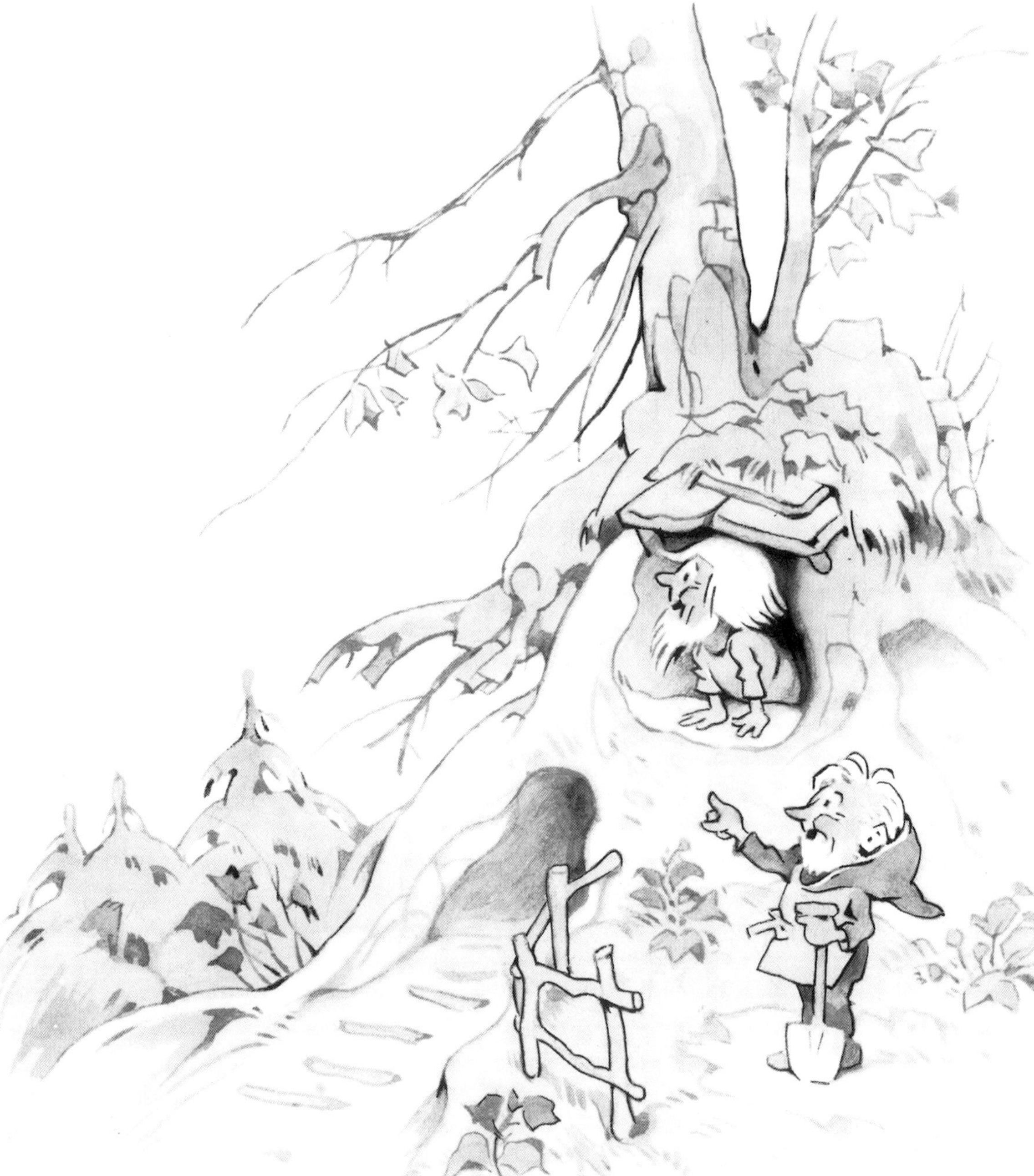